紅樓夢第一百六回

王熙鳳致禍抱羞慚　賈太君禱天消禍患

話說賈政聞知賈母危急即忙進去看視見賈母驚嚇氣逆王夫人鴛鴦等喚醒回來即用疎氣安神的丸藥服了漸漸的好些只是傷心落淚賈政在旁勸慰總說是兒子們不肖招了禍來累老太太受驚若老太太寬慰些兒子們尚可在外料理若是老太太有什麽不自在兒子們的罪孽更重了賈母道我活了八十多歲自作女孩兒起到你父親手裏都托着祖宗的福從没有聽見過這些事如今到老了見你們倘或受罪叫我心裏過的去嗎倒不如合上眼隨你們去罷了說着又哭賈政此

時着急異常又聽外面說請老爺內廷有信賈政急忙出來見是北靜王府長史一見面便說大喜賈政謝了請長史坐下請問王爺有何諭旨那長史道我們王爺同西平郡王進內覆奏將大人懼怕之心感激天恩之語都代奏過了主上甚是憫恤並念及貴妃溘逝未久不忍加罪着加恩仍在工部員外上行走所封家產惟將賈赦的入官餘俱給還並傳旨令盡心供職惟抄出借券令我們王爺查核如有違禁重利的一槩照例入官其在定例生息的同房地文書盡行給還賈璉着革去職銜免罪釋放賈政聽畢即起身叩謝天恩又拜謝王爺恩典先請長史大人代爲稟謝明晨到闕謝恩并到府裏磕頭那長史去

了心停傳出旨來承辦官遵旨一一查清入官者入官給還者
給還將賈璉放出所有賈赦名下男婦人等造冊入官可憐賈
璉屋內東西除將按例放出的文書發給外其餘雖未盡入官
的早被查抄的人盡行搶去所存者只有傢伙物件賈璉始則
懼罪後蒙釋放已是大幸及想起歷年積聚的東西並鳳姐的
體已不下五七萬金一朝而盡怎得不疼且他父親現禁在錦
衣府鳳姐病在垂危一時悲痛又見賈政含淚叫他問道我因
官事在身不大理家故叫你們夫婦總理家事你父親所爲固
難諫勸那重利盤剝究竟是誰幹的況且非偺們這樣人家所
爲如今入了官在銀錢呢是不打緊的這聲名出去還了得嗎

賈璉跪下說道姪兒辦家事並不敢存一點私心所有出入的
賬目自有賴大吳新登戴良等登記老爺只管叫他們來查問
現在這幾年庫內的銀子出多入少雖沒貼補在內已在各處
做了好些空頭求老爺問太太就知道了這些放出去的賬連
姪兒也不知道那裡的銀子要問周瑞旺兒纔知道賈政道據
你說來連你自己屋裡的事還不知道那些家中上下的事更
不知道了我這會子也不查問你現今你無事的人你父親的
事和你珍大哥的事還不快去打聽打聽嗎賈璉一心委屈含
着眼淚答應了出去賈政連連嘆氣想道我祖父勤勞王事立
下功勳得了兩個世職如今兩房犯事都革去了我瞧這些子

任沒一個長進的老天哪老天哪我賈家何至一敗如此我雖蒙聖恩格外垂慈給還家產那兩處食用自應歸併一處叫我一人那裡支撐的住方纔璉兒所說更加咤異說不但庫上無銀而且尚有虧空這幾年竟是虛名在外只恨我自己爲什麽糊塗若此倘或我珠兒在世尚有膀臂寶玉雖大更是無用之物想到那裡不覺淚滿衣襟又想老太太若大年紀兒子們并沒奉養一日反累他老人家嚇得死去活來種種罪孽叫我委之何人正在獨自悲切只見家人稟報各親友進來看候賈政一一道謝說起家門不幸是我不能管教子侄所以至此有的說我久知令兄赦大老爺行事不妥那邊珍爺更加驕縱若說

因官事錯誤得個不是於心無愧如今自己鬧出的倒帶累了二老爺有的說人家鬧的也多也沒見御史參奏不是珍老大得罪朋友何至如此有的說也不怪御史我們聽見說是府上的家人同幾個泥腿在外頭哄嚷出來的御史恐參奏不實所以誆了這裡的人去纔說出來的我想府上待下人最寬的爲什麽還有這事有的說大凡奴才們是一個養活不得的今兒在這裡都是好親友我纔敢說就是尊駕在外任我保不得你是不愛錢的那外頭的風聲也不好都是奴才們鬧的你該隄防些如今雖說沒有動你的家倘或再遇着主上疑心起來好些不便呢賈政聽說心下着忙道衆位聽見我的風聲怎樣衆

人道我們雖沒見實據只聽得外頭人說你在糧道任上怎麼叫門上家人要錢賈政聽了便說道我這是對天可表的從不敢起這個念頭只是奴才們在外頭招搖撞騙鬧出事來我就耽不起衆人道如今怕也無益只好將現在的管家們都嚴嚴的查一查若有抗主的奴才查出來嚴嚴的辦一辦也罷了賈政聽了點頭便見門上的進來回說孫姑爺打發人來說自巳有事不能來著人來瞧瞧說大老爺該他一項銀子要在二老爺身上還的賈政心內憂悶只說知道了衆人都冷笑道人說令親孫紹祖混賬果然有的如今丈人抄了家不但不來瞧看帮補倒赶忙的來要銀子真真不在理上賈政道如今且不必

說他那頭親事原是家兄配錯了的我的侄女兒的罪巳經受彀了如今又找上我來了正說着只見薛蝌進來說道我打聽錦衣府趙堂官必要照御史參的辦只怕大老爺和珍大爺吃不住衆人都道二老爺還是得你出去求求王爺怎麼挽回挽回纔好不然這兩家子就完了賈政答應致謝衆人都散那時天巳點燈時候賈政進去請賈母的安見賈母略略好些回到自巳房中埋怨賈璉夫婦不知好歹如今鬧出放賬的事情大家不好心裡狠不受用只是鳳姐現在病重况他所有的什物盡被抄搶心內自然難受一時也未便說他暫且隱忍不言一夜無話次早賈政進內謝恩并到北靜王府西平王府兩處叩

謝求二位王爺照應他哥哥姪兒二王應許賈政又在同寅相好處託情且說賈璉打聽得父兄之事不大妥無法可施只得回到家中平兒守着鳳姐哭泣秋桐在耳房裡抱怨鳳姐賈璉走到旁邊見鳳姐奄奄一息就有多少怨言一時也說不出來平兒哭道如今已經這樣東西去了不能復來奶奶這樣還得再請個大夫瞧瞧纔好啊賈璉啐道呸我的性命還不保我還管他呢鳳姐聽見睜眼一瞧雖不言語那眼淚直流看見賈璉出去了便和平兒道你別不達時務了到了這個田地你還顧我做什麼我巴不得今兒就死纔好只要你能彀眼裡有我我死後你扶養大了巧姐兒我在陰司裡也感激你的情平兒聽

了越發抽抽搭搭的哭起來了鳳姐道你也不糊塗他們雖沒有來說必是抱怨我的雖說事是外頭鬧起我不放賬也沒我的事如今枉費心計掙了一輩子的強偏偏兒的落在人後頭了我還恍惚聽見珍大爺的事說是強占良民妻子爲妾不從逼死有個姓張的在裡頭你想想還有誰呢要是這件事審出來偺們二爺是脫不了的我那時候兒可怎麼見人呢我要立刻就死又躭不起吞金服毒的你還要請大夫這不是你疼我反倒害了我了麼平兒愈聽愈慘想來實在難處恐鳳姐自尋短見只得緊緊守着幸賈母不知底細因近日身子好些又見賈政無事寶玉寶釵在旁天天不離左右略覺放心素來最疼

鳳姐便叫鴛鴦將我的體己東西拿些給鳳丫頭再拿些銀錢交給平兒好好的伏侍好了鳳丫頭我再慢慢的分派又命王夫人照看邢夫人此時寧國府第入官所有財產房地等項并家奴等俱已造冊收盡這裡賈母命人將車接了尤氏婆媳過來可憐赫赫寧府只剩得他們婆媳兩個並佩鳳偕鸞二人連一個下人没有賈母指出房子一所居住就在惜春所住的間壁又派了婆子四人丫頭兩個伏侍一應飯食起居在大厨房内分送衣裙什物又是賈母送去零星需用亦在賬房内開銷俱照榮府每人月例之數那賈赦賈珍賈蓉在錦衣府使用賬房內實在無項可支如今鳳姐兒一無所有賈璉外頭債務滿

身賈政不知家務只說已經托人自有照應賈璉無計可施想到那親戚裡頭薛姨媽家已敗王子騰已死餘者親戚雖有俱是不能照應的只得暗暗差人下屯將地畝暫賣數千金作為監中使費賈璉如此一行那些家奴見主家勢敗也便趁此弄鬼並將東莊租稅也就指名借用些此是後話暫且不提且說賈母見祖宗世職革去現在子孫在監質審邢夫人尤氏等日夜啼哭鳳姐病在垂危雖有寶玉寶釵在側只可解勸不能分憂所以日夜不寧思前想後眼淚不乾一日傍晚叫寶玉回去自己扎掙坐起叫鴛鴦等各處佛堂上香又命自己院内焚起斗香用拐拄着出到院中琥珀知是老太太拜佛鋪下大紅猩

毡拜墊賈母上香跪下磕了好些頭念了一囘佛含淚祝告天地道皇天菩薩在上我賈門史氏虔誠禱告求菩薩慈悲我賈門數世以來不敢行兇霸道我帮夫助子雖不能爲善也不敢作惡必是後輩兒孫驕奢淫佚暴殄天物以致闔府抄檢現在兒孫監禁自然兇多吉少皆由我一人罪孽不教兒孫所以至此我今叩求皇天保佑在監的逢凶化吉有病的早早安身總有閤家罪孽情願一人承當求饒恕兒孫若皇天憐念我虔誠早早賜我一死寬免兒孫之罪默默說到此處不禁傷心嗚嗚咽咽的哭泣起來鴛鴦珍珠一面解勸一面扶進房去只見王夫人帶了寶玉寶釵過來請晚安見賈母傷悲三人也大哭起來寶釵更有一層苦楚想哥哥也在外監將來要處决不知可能減等公婆雖然無事眼見家業蕭條寶玉依然瘋傻毫無志氣想到後來終身更比賈母王夫人哭的悲痛寶玉見寶釵如此他也有一番悲戚想着老太太年老不得安心老爺太太見此光景不免悲傷衆姐妹風流雲散一日少似一日追思園中吟詩起社何等熱鬧自林妹妹一死我欝悶到今又有寶姐姐伴着不便時常哭泣况他又憂兄思母日夜難得笑容今日看他悲哀欲絶心裡更加不忍竟嚎啕大哭起來鴛鴦彩雲鶯兒襲人看着也各有所思便都抽抽搭搭的餘者丫頭們看的傷心不覺也都哭了竟無人勸滿屋中哭聲驚天動地將外頭上

夜婆子嚇慌急報於賈政知道那賈政正在書房納悶聽見賈
母的人來報心中着忙飛奔進內遠遠聽得哭聲甚衆打諒老
太太不好急的魂魄俱喪疾忙進來只見坐着悲啼纔放下心
來便道老太太傷心你們該勸解纔是啊怎麽打夥兒哭起來
了衆人這纔急忙止哭大家對面發怔賈政上前安慰了老太
太又說了衆人几句都心裡想道我們原怕老太太悲傷所以
來勸解怎麽忘情大家痛哭起來正自不解只見老婆子帶了
史侯家的兩個女人進來請了賈母的安又向衆人請安畢便
說道我們家的老爺太太姑娘打發我來說聽見府裡的事原
沒什麽大事不過一時受驚恐怕老爺太太煩惱叫我們過來

告訴一聲說這裡二老爺是不怕的了我們姑娘本要自已來
的因不多几日就要出閣所以不能來了賈母聽了不便道謝
說你回去給我問好這是我們的家運合該如此承你們老爺
太太惦記着改日再去道謝你們姑娘出閣想來姑爺是不用
說的了他們的家計如何呢兩個女人回道家計倒不怎麽着
只是姑爺長的很好爲人又和平我們見過好几次看來和這
裡的寶二爺差不多兒還聽見說文才也好賈母聽了喜歡道
這麽着纔好這是你們姑娘的造化只是偺們家的規矩還是
南方禮兒所以新姑爺我們都沒見過我前兒還想起我娘家
的人来最疼的就是你們姑娘一年三百六十天在我跟前的

日子倒有二百多天混的這麼大了我原想給他說個好女婿又爲他叔叔不在家我又不便作主他既有造化配了個好姑爺我也放心月裡頭出閣我原想過來吃盃喜酒不料我們家鬧出這樣事來我的心就像在熱鍋裡熬的是的那裡能彀再到你們家去你回去說我問好我們這裡的人都請安問好你替另告訴你們姑娘不用把我放在心上我是八十多歲的人了就死也筭不得沒福了只願他過了門兩口兒和和順順的百年到老我就心安了說着不覺掉下淚來那女人道老太太也不必傷心姑娘過了門等回了九少不得同着姑爺過來請老太太的安那時老太太見了纔喜歡呢賈母點頭那女人出

去別人都不理論只有寶玉聽着發了一回怔心裡想道爲什麼人家養了女孩兒到大了必要出嫁呢一出了嫁就改換了一個人是的史妹妹這麼個人又叫他叔叔硬壓着配了人了他將來見了我必是也不理我了我想一個人到了這個沒人理的分兒還活着做什麼想到這裡又是傷心見賈母此時纔安又不敢哭只得悶坐着一時賈政不放心又進來瞧瞧老太太見是好些便出來傳了賴大叫他將闔府裡管事的家人的花名冊子拿來一齊點了一點除去賈赦入官的人尚有三十餘家共男女二百十二名賈政叫現在府內當差的男人共四十一名進來問起歷年居家用度共有若干進來該用若干出

去那些總的家人將近來支用簿子呈上賈政看時所入不敷所出又加連年宮裡花用賬上多有在外浮借的再查東省地租近年所交不及祖上一半如今用度比祖上加了十倍賈政不看則已看了急的跺脚道這還了得我打諒璉兒管事在家自有把持豈知好几年頭裡已經寅年用了卯年的還是這樣裝好看竟把世職俸祿當作不打緊的事情爲什麽不敗呢我如今要省儉起來已是遲了想到這裡背着手踱來踱去竟無方法衆人知賈政不知理家也是白操心着急便說道老爺也不用心焦這是家家這樣的若是統總算起來連王爺家還不敷過的不過是裝着門面過到那裡是那裡罷咧如今老爺

到底得了主上的恩典纔有這點子家產若是一並入了官老爺就不過了不成賈政嗔道放屁你們這班奴才最没良心的仗着主子好的時候任意開銷到弄光了走的走跑的跑還顧主子的死活嗎如今你們説是没有查抄你們知道嗎外頭的名聲連大本兒都保不住了還擱的住你們在外頭支架子說大話誆人騙人到鬧出事來望主子身上一推就完了如今大老爺和你珍大爺的事說是偺們家人鮑二吵嚷的我看這冊子上並没有什麽鮑二這是怎麽說衆人回道鮑二是不在檔子上的先前在寧府冊上爲二爺見他老實把他們兩口子叫過來了後來他女人死了他又回寧府去自從老爺衙門

裡頭有事老太太太太們和爺們往陵上去了珍大爺替理家事帶過來的已後也就去了老爺幾年不管家務事那裡知道這些事呢老爺只打諒着冊子上有這個名字就只有這一個人呢不知道一個人手底下親戚們也有好幾個奴才還有奴才呢賈政道這還了得想來一時不能清理只得喝退衆人早打了主意在心裡了且聽賈赦等的官事審的怎樣再定一日正在書房籌筭只見一人飛奔進來說請老爺快進內廷問話賈政聽了心下着忙只得進去未知吉凶下回分解

紅樓夢第一百六回終

紅樓夢第一百七回

散餘資賈母明大義　復世職政老沐天恩

話說賈政進內見了樞密院各位大臣又見了各位王爺北靜王道今日我們傳你來有遵旨問你的事賈政急忙跪下衆大臣便問道你哥哥交通外官恃强凌弱縱兒聚賭强占良民妻女不遂逼死的事你都知道麽賈政回道犯官自從主恩欽點學政任滿後査看賑恤于上年冬底回家又蒙堂派工程後又任江西粮道題恭回都仍在工部行走日夜不敢怠惰一應家務並未留心伺察寔在糊塗不能管叫子任這就是辜負聖恩只求主上重重治罪北靜王據說轉奏不多時傳出旨來北靜

王便述道主上因御史恭奏賈赦交通外官恃强凌弱據該御史指出平安州互相往來賈赦包攬詞訟嚴鞫賈赦據供平安州原係姻親來往並未干涉官事該御史亦不能指寔惟有倚勢强索石獃子古扇一欵是寔的然係玩物究非强索良民之物可比雖石獃子自盡亦係瘋傻所致與逼勒致死者有間今從寬將賈赦發往臺站効力贖罪所恭賈珍强占良民妻女爲妾不從逼死一欵提取都察院原案看得尤二姐寔係張華指腹爲婚未娶之妻因伊貧苦自願退婚尤二姐之母願結賈珍之弟爲妾並非强占再尤三姐自刎掩埋並未報官一欵査尤三姐原係賈珍妻妹本意爲伊擇配因被逼索定禮衆人揚言

穢亂以致羞忿自盡並非賈珍逼勒致死但身係世襲職員罔知法紀私埋人命本應重治念伊究屬功臣後裔不忍加罪亦從寬革去世職派往海疆効力贖罪賈蓉年幼無干省釋賈政實係在外任多年居官尚屬勤慎免治伊治家不正之罪賈政聽了感激涕零叩首不及又叩求王爺代奏下忱北靜王道你該叩謝天恩更有何奏賈政道犯官仰蒙聖恩不加大罪又蒙將家產給還實在捫心惶愧願將祖宗遺受重祿積餘置產一併交官北靜王道主上仁慈待下明慎用刑賞罰無差如今既蒙莫大深恩給還財產你又何必多此一奏衆官也說不必賈政便謝了恩叩謝了王爺出來恐賈母不放心急忙趕回上下男女人等不知傳進賈政是何吉凶都在外頭打聽一見賈政回家都略略的放心也不敢問只見賈政忙忙的走到賈母跟前將蒙聖恩寬免的事細細告訴了一遍賈母雖則放心只是兩個世職革去賈赦又往台站効力賈珍又往海疆不免又悲傷起來邢夫人尤氏聽見這話更哭起來賈政便道老太太放心大哥雖則台站効力也是為國家辦事不致受苦只要辦得妥當就可復職珍兒正是年輕很該出力若不是這樣便是祖父的餘德亦不能久享說了些寬慰的話賈母素來本不大喜歡賈赦那邊東府賈珍究竟隔了一層只有邢夫人尤氏痛哭不止邢夫人想着家產一空丈夫年老遠出膝下雖有璉兒又

是素來順他二叔的如今都靠着二叔他兩口子自然更順着那邊去了獨我一人孤苦伶仃怎麽好那尤氏本来獨掌寧府的家計除了賈珍也算是惟他爲尊又與賈珍夫妻相和如今犯事遠出家財抄盡依住榮府雖則老太太疼愛終是依人門下又兼帶着佩鳳偕鸞那蓉兒夫婦也還不能興家立業又想起二妹妹三妹妹都是璉二爺鬧的如今他們倒安然無事依舊夫妻完聚只剩我們幾個怎麽度日想到這裡痛哭起來賈母不忍便問賈政道你大哥和珍兒現巳定案可能回家蓉兒既没他的事也該放出來了賈政道若在定例呢大哥是不能回家的我巳托人狥個私情叫我大哥同着侄兒回家好置辦

行裝衙門内業巳應了想來蓉兒同着他爺爺父親一起出來只請老太太放心兒子辦去賈母又道我這几年老的不成人了總没有問過家事如今東府裡是抄了去了房子入官不用說你大哥那邊璉兒那裡也都抄了咱們西府裡的銀庫和東省地土你知道還剩了多少他兩個起身也得給他們几千銀子纔好賈政正是没法聽見賈母一問心想着若是說明又恐老太太着急若不說明不用說將來只現在怎樣辦法呢想畢便回道若老太太不問兒子也不敢說如今老太太既問到這裡現在璉兒也在這裡昨日兒子巳査了舊庫的銀子早巳虛空不但用盡外頭還有虧空現今大哥這件事若不花銀托人

雖說主上寬恩只怕他們爺兒兩個也不大好就是這項銀子尚無打算東省的地畝早已寅年吃了卯年的租兒了一時也弄不過來只好儘所有蒙聖恩沒有動的衣服首飾折變了給大哥和珍兒作盤費罷了過日的事只可再打算賈母聽了又急的眼淚直淌說道怎麽著咱們家到了這個田地了麽我雖沒有經過我想起我家向日比這裡還强十倍也是擺了幾年虛架子沒有出這樣事已經塌下來了不消一二年就完了據你說起來咱們竟一兩年就不能支了賈政道若是這兩個世俸不動外頭還有些挪移如今無可指稱誰肯接濟說着也淚流滿面想起親戚來用過我們的如今都窮了沒有用過我們

的又不肯照應昨日兒子也沒有細查只看了家下的人丁册子別說上頭的錢一無所出那底下的人也養不起許多賈母正在憂慮只見賈赦賈珍賈蓉一齊進來給賈母請安賈母看這般光景一隻手拉着賈赦一隻手拉着賈珍便大哭起来他兩人臉上羞慚又見賈母哭泣都跪在地下哭着說道兒孫們不長進將祖上功勳丟了又累老太太傷心兒孫們是死無葬身之地的了滿屋中人看這光景又一齊大哭起來賈政只得勸解倒先要打算他兩個的使用大約在家只可住得一兩日遲則人家就不依了老太太含悲忍淚的說道你兩個且各自同你們媳婦們說說話兒去罷又吩咐賈政道這件事是不能

久待的想來外面挪移恐不中用那時悞了欽限怎麼好只好我替你們打筭罷了就是家中如此亂糟糟的也不是常法兒一面說着便叫鴛鴦吩咐去了這裡賈赦等出來又與賈政哭泣了一會都不免將從前任性過後懊悔如今分離的話說了一會各自夫妻們那邊悲傷去了賈赦年老倒還擱的下獨有賈珍與尤氏怎忍分離賈璉賈蓉兩個也只有拉着父親啼哭雖說是比軍流減等究竟生離死別這也是事到如此只得大家硬着心腸過去却說賈母叫邢王二夫人同着鴛鴦等開箱倒籠將做媳婦到如今積儹的東西都拿出來又叫賈赦賈政賈珍等一一的分派給賈赦三千兩說這裡現有的銀子你拿

二千兩去做你的盤費使用留一千給大太太另用這三千給珍兒你只許拿一千去留下二千給你媳婦收着仍舊各自過日子房子還是一處住飯食各自吃罷四丫頭將來的親事還是我的事只可憐鳳丫頭操了一輩子心如今弄的精光也給他三千兩叫他自己收着不許叫璉兒用如今他還病的神昏氣喪叫平兒來拿去這是你祖父留下的衣裳還有我少年穿的衣服首飾如今我也用不着了男的呢叫大老爺珍兒璉兒蓉兒拿去分了女的呢叫大太太珍兒媳婦鳳丫頭拿了分去這五百兩銀子交給璉兒明年將林丫頭的棺材送回南去分派定了又叫賈政道你說外頭還該着賬呢這是少不得的你

叫拿這金子變賣償還這是他們鬧掉了我的你也是我的兒子我並不偏向寶玉已經成了家我下剩的這些金銀東西大約還值幾千銀子這是都給寶玉的了珠兒媳婦向來孝順我蘭兒也好我也分給他們些這就是我的事情完了賈政等見母親如此明斷分晰俱跪下哭着說老太太這麼大年紀兒孫們沒點孝順承受老祖宗這樣恩典叫兒孫們更無地自容了賈母道別瞎說了要不鬧出這個亂兒來我還收着呢只是現在家人太多只有二老爺當差留幾個人就彀了你就吩咐管事的將人叫齊了分派妥當各家有人就罷了譬如那時都抄了怎麼樣呢我們裡頭的也要叫人分派該配人的配人賞去

的賞去如今雖說這房子不入官你到底把這園子交了纔是呢那些地畝還交璉兒清理該賣的賣留的留再不可支架子做空頭我索性說了罷江南甄家還有幾兩銀子大太太那裡收着該叫人就送去罷倘或再有點事兒出來可不是他們躲過了風暴又遭了雨了麼賈政本是不知當家立計的人一聽賈母的話一一領命心想老太太實在真真是理家的人都是我們這些不長進的鬧壞了賈政見賈母勞乏求着老太太歇歇養神賈母又道我所剩的東西也有限等我死了做結果我的使用下剩的都給伏侍我的丫頭賈政等聽到這裡更加傷感大家跪下請老太太寬懷只願兒子們托老太太的福過了

些時都邀了恩眷那時兢兢業業的治起家來以贖前愆奉養老太太到一百歲賈母道但願這樣纔好我死了也好見祖宗你們別打諒我是享得富貴受不得貧窮的人哪不過這幾年看着你們轟轟烈烈我樂得都不管說說笑笑養身子罷了那知道家運一敗直到這樣若說外頭好看裡頭空虛是我早知道的了只是居移氣養移體一時下不了臺就是了如今借此正好收斂守住這個門頭兒不然叫人笑話你還不知只打諒我知道窮了就着急的要死我心裡是想着祖宗莫大的功勳無一日不指望你們比祖宗還强能彀守住也罷了誰知他們爺兒兩個做些什麼勾當賈母正自長篇大論的說只見豐兒慌慌張張的跑來回王夫人道今早我們奶奶聽見外頭的事哭了一場如今氣都接不上了平兒叫我來回太太豐兒沒有說完賈母聽見便問到底怎麼樣王夫人便代回道如今說是不大好賈母起身道嗳這些冤家竟要磨死我了說着叫人扶着要親自看去賈政急忙攔住勸道老太太傷了好一會子心又分派了好些事這會子該歇歇兒了就是孫子媳婦有什麼事叫媳婦們去就是了何必老太太親身過去呢倘或再傷感起來老太太身上要有一點兒不好叫做兒子的怎麼處呢賈母道你們各自出去等一會子再進來我還有話說賈政不敢多言只得出來料理兄姪起身的事又叫賈璉挑人跟去這裡

賈母纔叫鴛鴦等派人拿了給鳳姐的東西跟着過来鳳姐正在氣厥平兒哭的眼腫腮紅聽見賈母帶着王夫人等過來疾忙出來迎接賈母便問這會子怎麽樣了平兒恐驚了賈母便說這會子好些兒說着跟了賈母等進来赶忙先走過去輕輕的揭開帳子鳳姐開眼瞧著只見賈母進來滿心慚愧先前原打諒賈母等惱他不疼他了是死活由他的不料賈母親自來瞧心裡一寬覺那擁塞的氣略鬆動些便要扎挣坐起賈母叫平兒按着不用動你好些麽鳳姐含淚道我好些了只是從小兒過来老太太太太怎麽樣疼我那知我福氣薄叫神鬼支使的失魂落魄不能彀在老太太太太跟前盡點兒孝心討個好

兒還這樣把我當人叫我幫著料理家務被我鬧的七顛八倒我還有什麽臉見老太太太太呢今日老太太太太親自過來我更擔不起了恐怕該活三天的又折了兩天去了說著悲咽賈母道那些事原是外頭鬧起來的與你什麽相干就是你的東西被人拿去這也算不了什麽呀我帶了好些東西給你你瞧瞧說著叫人拿上來給他瞧鳳姐本是貪得無厭的人如今被抄淨盡自然愁苦又恐人埋怨正是幾不欲生的時候今見賈母仍舊疼他王夫人也不嗔怪過来安慰他又想賈璉無事心下安放好些便在枕上與賈母磕頭說道請老太太放心若是我的病托着老太太的福好了我情願自已當個粗使的丫

頭盡心竭力的伏侍老太太太太罷賈母聽他說的傷心不免掉下淚來寶玉是從來沒有經過這大風浪的心下只知安樂不知憂患的人如今碰來碰去都是哭泣的事所以他竟比傻子尤甚見人哭他就哭鳳姐看見衆人憂悶反倒勉強說幾句寬慰賈母的話求着請老太太太太囘去我略好些過來磕頭說着將頭仰起賈母叫平兒好生服侍短什麽到我那裡要去說着帶了王夫人將要囘到自己房中只聽見兩三處哭聲賈母聽着寔在不忍便叫王夫人散去叫寶玉去見你大爺大哥送一送就囘來自己躺在榻上下淚幸喜鴛鴦等能用百樣言語勸解賈母暫且安歇不言賈赦等分離悲痛那些跟去的人

誰是願意的不免心中抱怨叫苦連天正是生離果勝死別看者比受者更加傷心好好的一個榮國府鬧到人嚎鬼哭賈政最循規矩在倫常上也講究的執手分別後自己先騎馬趕至城外舉酒送行又叮嚀了好些國家軫恤勳臣力圖報稱的話賈赦等揮淚分頭而別賈政帶了寶玉囘家未及進門只見門上有好些人在那裡亂嚷說今日旨意將榮國公世職着賈政承襲那些人在那裡要喜錢門上人和他們分爭說是本來的世職我們本家襲了有什麽喜報那些人說道那世職的榮耀比任什麽還難得你們大老爺鬧掉了想要這個再不能的了如今聖人的恩典比天還大又賞給二老爺了這是千載難逢

的怎麼不給喜錢正鬧著賈政回家門上回了雖則喜歡究竟是哥哥犯事所致反覺感極涕零赶着進內告訴賈母賈母自然喜歡拉着說了些勤黽報恩的話王夫人正恐賈母傷心過來安慰聽得世職復還也是歡喜獨有邢夫人尤氏心下悲苦只不好露出來且說外面這些趨炎奉勢的親戚朋友先前賈宅有事都遠避不來今兒賈政襲職知聖眷尚好大家都來賀喜那知賈政純厚性成因他襲哥哥的職心內反生煩惱只知感激天恩于第二日進內謝恩到底將賞還府第園子備摺奏請入官內廷降旨不必賈政纔得放心回家已後循分供職但是家計蕭條入不敷出賈政又不能在外應酬家人們見賈政

忠厚鳳如抱病不能理家賈璉的虧空一日重似一日難免典房賣地府內家人几個有錢的怕賈璉纏擾都裝窮躲事甚至告假不來各自另尋門路獨有一個包勇雖是新投到此恰遇榮府壞事他倒有些真心辦事見那些人欺瞞主子便時常不忿奈他是個新來乍到的人一句話也插不上他便生氣每日吃了就睡衆人嫌他不肯隨和便在賈政前說他終日貪杯生事並不當差賈政道隨他去罷原是甄府荐來不好意思橫豎家內添這一個人吃飯雖說窮也不在他一人身上並不叫驅逐衆人又在賈璉跟前說他怎麼樣不好賈璉此時也不敢自作威福只得由他忽一日包勇奈不過吃了幾杯酒在榮府街

上門逛見有兩個人說話那人說道你瞧這麼個大府前兒抄了家不知如今怎麼樣了那人道他家怎麼能敗聽見說裡頭有位娘娘是他家的姑娘雖是死了到底有根基的況且我常見他們來往的都是王公侯伯那裡沒有照應就是現在的府尹前任的兵部是他們的一家兒難道有這些人還護庇不來麼那人道你白住在這裡別人猶可獨是那個賈大人更了不得我常見他在兩府來往前兒御史雖參了主子還叫府尹查明實蹟再辦你說他怎麼樣他本沾過兩府的好處怕人說他迴護一家兒他倒狠狠的踢了一腳所以兩府裡纔到底抄了你說如今的世情還了得嗎兩人無心說閒話豈知旁邊有人

跟着聽的明白包勇心下暗想天下有這樣人但不知是我們老爺的什麼人我若見了他便打他一個死鬧出事來我承當去那包勇正在酒後胡思亂想忽聽那邊喝道而來包勇遠遠站着只見那兩人輕輕的說道這來的就是那個賈大人了包勇聽了心裡懷恨趁着酒興便大聲說道沒良心的男女怎麼忘了我們賈家的恩了雨村在轎內聽得一個賈字便留神觀看見是一個醉漢也不理會過去了那包勇醉着不知好歹便得意洋洋回到府中問起同伴知是方纔見的那位大人是這府裡提拔起來的他不念舊恩反來踢弄偺們家裡見了他罵他幾句他竟不敢答言那榮府的人本嫌包勇只是主人不計

較他如今他又在外頭惹禍正好趁著賈政無事便將包勇喝酒鬧事的話回了賈政賈政此時正怕風波聽見家人回禀便一時生氣叫進包勇來數罵了几句也不好深沉責罰他便派去看園不許他在外行走那包勇本是個直爽的脾氣投了主子他便赤心護主那知賈政反倒聽了別人的話罵他他也不敢再辯只得收拾行李往園中看守澆灌去了未知後事如何且聽下回分解

紅樓夢第一百七回終

強歡笑蘅蕪慶生辰　死纏綿瀟湘聞鬼哭

却說賈政先前曾將房產並大觀園奏請入官內廷不收又無人居住只好封鎖因園子接連尤氏惜春住宅太覺曠濶無人遂將包勇罰看荒園此時賈政理家奉了賈母之命將人口漸次減少諸凡省儉尚且不能支持幸喜鳳姐是賈母心愛的人王夫人等雖不大喜歡若說治家辦事尚能出力所以內事仍交鳳姐辦理但近來因被抄以後諸事運用不來也是每形拮据那些房頭上下人等原是寬裕慣了的如今較往日十去其七怎能周到不免怨言不絕鳳姐也不敢推辭在賈母前扶病

承歡過了些時賈赦賈珍各到當差地方恃有用度暫且自安寫書回家都言安逸家中不必掛念於是賈母放心邢夫人尤氏也略略寬懷一日史湘雲出嫁回門來賈母這邊請安賈母提起他女婿甚好史湘雲也將那裡家中平安的話說了請老太太放心又提起黛玉去世不免大家落淚賈母又想起迎春苦楚越覺悲傷起來史湘雲解勸一回又到各家請安問好畢仍到賈母房中安歇言及薛家這樣人家被薛大哥鬧的家破人亡今年雖是緩決人犯明年不知可能減等賈母道你還不知道呢昨兒蟠兒媳婦死的不明白幾乎又鬧出一場事來還幸虧老佛爺有眼叫他帶來的丫頭自巳供出來了那夏奶奶

沒的鬧了自家攔住相驗你姨媽這裡纔將皮裹肉的打發出去了如今守着蝌兒過日子這孩子那有良心他說哥哥在監裡尚沒完事不肯娶親你邢妹妹在大太太那邊也就很苦琴姑娘爲他公公死了還沒滿服梅家尚未娶去你說說眞眞是六親同運薛家是這麼着二太太的娘家大舅太爺一死鳳丫頭的哥哥也不成人那二舅太爺是個小氣的又是官項不淸也是打饑荒甄家自從抄家已後別無信息湘雲道三姐姐去了會有書字囘來麼賈母道自從出了嫁二老爺囘来說你三姐姐在海疆狠好只是沒有書信我也是日夜惦記爲我們家連連的出些不好事所以我也顧不来如今四丫頭也沒有給

他提親環兒呢誰有功夫提起他來如今我們家的日子比你從前在這裡的時候更苦了只可憐你寶姐姐自過了門沒過一天舒服日子你二哥哥還是那麼瘋瘋顛顛這怎麼好呢湘雲道我從小兒在這裡長大的這裡那些人的脾氣我都知道的這一囘來了竟都改了樣子了我打諒我隔了好些時沒來他們生踈我我細想起來竟不是的就是見了我瞧他們的意思原要像先一樣的熱鬧不知道怎麼說說就傷起心來了所以我坐了坐兒就到老太太這裡來了賈母道如今的日子在我也罷了他們年輕輕兒的人還了得我正要想個法兒叫他們還熱鬧一天纔好只是打不起這個精神來湘雲道我想起

來了寶姐姐不是後兒的生日嗎我多住一天給他拜個壽大家熱鬧一天不知老太太怎麼樣賈母道我真正氣糊塗了你不提我竟忘了後日可不是他的生日嗎我明日拿出錢來給他辦個生日他没有定親的時候倒做過好幾次如今過了門倒没有做寶玉這孩子頭裡狠伶俐狠淘氣如今因爲家裡的事不好把這孩子越發弄的話都没有了倒是珠兒媳婦還好他有的時候是這麼着没的時候他也是這麼着帶着蘭兒靜靜兒的過日子倒難爲他湘雲道別人還不離獨有璉二嫂子連模樣兒都改了說話也不伶俐了明日等我來引逗他們看他們怎麼樣但只他們嘴裡不說心裡要抱怨我說我有了剛說到這裡却把個臉飛紅了賈母會意道這怕什麼當初姊妹們都是在一處樂慣了的說說笑笑再别留這些心大凡一個人有也罷没也罷總要受得富貴耐得貧賤纔好呢你寶姐姐生來是個大方的人頭裡他家這樣好他也一點兒不驕傲後來他家壞了事他也是舒舒坦坦的如今在我家裡寶玉待他好他也是那樣安頓一時待他不好也不見他有什麼煩惱我看這孩子倒是個有福的你林姐姐他就最小性兒又多心所以到底兒不長命的鳳丫頭也見過些事狠不該畧見些風波就改了樣子他若這樣没見識也就是小器了後兒寶丫頭的生日我另拿出銀子來熱熱鬧鬧的給他做個生日也叫他喜

歡這麼一天湘雲答應道老太太說的狠是索性把那些姐妹們都請了來大家敘一敘賈母道自然要請的一時高興遂叫鴛鴦拿出一百銀子來交給外頭叫他明日起預備兩天的酒飯鴛鴦領命叫婆子交了出去一宿無話次日傳話出去打發人去接迎春又請了薛姨媽寶琴叫帶了香菱來又請李嬸娘不多半日李紋李綺都來了寶釵本不知道聽見老太太的丫頭來請說薛姨太太來了請二奶奶過去呢寶釵心裡喜歡便是隨身衣服過去要見他母親只見他妹子寶琴並香菱都在這裡又見李嬸娘等人也都來了心想那些人必是知道我們家的事情完了所以來問候的便去問了李嬸娘好見了賈母然後與他母親說了幾句話和李家姐妹們問好湘雲在旁說道太太們請都坐下讓我們姐妹們給姐姐拜壽寶釵聽了倒呆了一呆回來一想可不是明日是我的生日嗎便說妹妹們過來瞧老太太是該的若說為我的生日是斷斷不敢的正推讓著寶玉也來請薛姨媽李嬸娘的安聽見寶釵自已推讓他心裡本早打算過寶釵生日因家中鬧得七顛八倒也不敢在賈母處提起今見湘雲等眾人要拜壽便喜歡道明日纔是生日我正要告訴老太太來湘雲笑道扯臊老太太還等你告訴你打諒這些人為什麼來是老太太請的寶釵聽了心下未信只聽賈母合他母親道可憐寶丫頭做了一年新媳婦家裡接

二連三的有事總沒有給他做過生日今日我給他做個生日請姨太太太太們来大家說說話兒薛姨媽道老太太這些時心裡纔安他小人兒家還沒有孝敬老太太倒要老太太操心湘雲道老太太最疼的孫子是二哥哥難道二嫂子就不疼了麽況且寶姐姐也配老太太給他做生日寶釵低頭不語寶玉心裡想道我只說史妹妹出了閣必換了一個人了我所以不敢親近他他也不來理我如今聽他的話竟和先前是一樣的爲什麽我們那個過了門更覺的靦腆了話都說不出來了呢正想着小丫頭進来說二姑奶奶囘来了隨後李紈鳳姐都進來大家厮見一番迎春提起他父親出門說本要趕來見見只是他攔着不許來說是偺們家正是晦氣時候不要沾染在身上我扭不過沒有来直哭了兩三天鳳姐道今兒爲什麽肯放你囘來迎春道他又說偺們家二老爺又襲了職還可以走走不妨事的所以纔放我来說着又哭起来賈母道我原爲悶的慌今日接你們來給孫子媳婦過生日說說笑笑解個悶兒你們又提起這些煩事來又招起我的煩惱來了迎春等都不敢作聲了鳳姐雖勉强說了幾句有興的話終不似先前爽利招人發笑賈母心裡要寶釵喜歡故意的慪鳳姐兒說話鳳姐也知賈母之意便竭力張羅說道今兒老太太喜歡些了你看這些人好幾時沒有聚在一處今兒齊全說着囘過頭去看見婆

婆尤氏不在這裡又縮住了口賈母為著齊全兩字也想邢夫人等叫人請去邢夫人尤氏惜春等聽見老太太叫不敢不來心內也十分不愿意想着家業零敗偏又高興給寶釵做生日到底老太太偏心便來了也是無精打彩的賈母問起岫烟來邢夫人假說病着不來賈母會意知薛姨媽在這裡有些不便也不提了一時擺下菓酒賈母說也不送到外頭今日只許偺們娘兒們樂一樂寶玉雖然娶過親的人因賈母疼愛仍在裡頭打混但不與湘雲寶琴等同席便在賈母身旁設着一個坐兒他替寶釵輪流敬酒賈母道如今且坐下大家喝酒到挨晚兒再到各處行禮去若如今行起禮來大家又鬧規矩把我的

興頭打回去就沒趣了寶釵便依言坐下賈母又向衆人道偺們今兒索性灑脫些各留一兩個人伺候我叫鴛鴦帶了彩雲鶯兒襲人平兒等在後間去也喝一鍾酒鴛鴦等說我們還沒有給二奶奶磕頭怎麼就好喝酒去呢賈母道我說了你們只管去用的着你們再來鴛鴦等去了這裡賈母纔讓薛姨媽等喝酒見他們都不是往常的樣子賈母着急道你們到底是怎麼着大家高興些纔好湘雲道我們又吃又喝還要怎麼着呢鳳姐道他們小的時候都高興如今礙着臉不敢混說所以老太太瞧着冷淨了寶玉輕輕的告訴賈母道話是沒有什麼說的再說就說到不好的上頭去了不如老太太出個主意叫他

們行個令兒罷賈母側着耳朶聽了笑道若是行令又得叫鴛鴦去寶玉聽了不待再說就出席到後間去找鴛鴦說老太太要行令叫姐姐去呢鴛鴦道小爺讓我們舒舒服服的喝一鍾罷何苦來又來攪什麼寶玉道當真老太太說的叫你去呢與我什麼相干鴛鴦沒法說道你們只管喝我去了就來便到賈母那邊老太太道你來了麼這裡要行令呢鴛鴦道聽見寶二爺說老太太叫我纔來的不知老太太要行什麼令兒賈母道那文的怪悶的慌武的又不好你倒是想個新鮮頑意兒纔好鴛鴦想了想道如今姨太太有了年紀不肯費心倒不如拿出令盆骰子來大家擲個曲牌名兒賭輸贏酒罷賈母道這也使得便命人取骰盆放在案上鴛鴦說如今用四個骰子擲去擲不出名兒來的罰一盃擲出名兒來每人喝酒的盃數兒擲出來再定衆人聽了道這是容易的我們都隨着鴛鴦便打點兒衆人叫鴛鴦喝了一盃就在他身上數起恰是薛姨媽先擲薛姨媽便擲了一下却是四個么鴛鴦道這是有名的叫做商山四皓有年紀的喝一盃于是賈母李嬸娘邢王兩夫人都該喝賈母舉酒要喝鴛鴦道這是姨太太擲的還該姨太太說個曲牌名兒下家接一句不出來的罰一盃薛姨媽道你又來算計我了我那裡說的上來賈母道不說到底寂寞還是說一句的好下家兒就是我了若說不出來我陪姨太太喝一

鍾就是了薛姨媽便道我說個臨老入花叢賈母點點頭兒道將謂偷閑學少年說完骰盆過到李紋便擲了兩個四兩個二鴛鴦說也有名兒可這叫劉阮入天台李紋便接着說了個二士入桃源下手兒便是李紈說道尋得桃花好避秦大家又喝了一口骰盆又過到賈母跟前便擲了兩個二兩個三賈母道這要喝酒了鴛鴦道有名兒的這是江燕引雛衆人都該喝一盃鳳姐道雛是雛倒飛了好些了衆人瞅了他一眼鳳姐便不言語賈母道我說什麼呢公領孫罷下手是李綺便說道閒看兒童捉柳花衆人都說好寶玉巴不得要說只是令盆輪不到正想着恰好到了跟前便擲了一個二兩個三一個么便說道這是什麼鴛鴦笑道這是個臭先喝一鍾再擲罷寶玉只得喝了又擲這一擲擲了兩個三兩個四鴛鴦道有了這叫做張敞畫眉寶玉知是打趣他寶釵的臉也飛紅了鳳姐不大懂得還說二兄弟快說了再找下家兒是誰寶玉難說自認罰了罷我也沒下家兒過了令盆輪到李紈便擲了一下鴛鴦道大奶奶擲的是十二金釵寶玉聽了趕到李紈身傍看時只見紅綠對開便說這一個好看的狠忽然想起十二釵的夢來便呆呆的退到自巳座上心裡想這十二釵說是金陵的怎麼我家這些人如今七大八小的就剩了這幾個復又看看湘雲寶釵雖說都在只是不見了黛玉一時按捺不住眼淚便要下來恐人看

見便說身上燥的狠脫脫衣裳去掛了籌出席去了史湘雲看見寶玉這般光景打諒寶玉擲不出好的來被別人擲了去心裡不喜歡纔去的又嫌那個令兒沒趣便有些煩只見李紈道我不說了席間的人也不齊不如罰我一盃賈母道這個令兒也不熱鬧不如蠲了罷讓鴛鴦擲一下看擲出個什麼來小丫頭便把令盆放在鴛鴦跟前鴛鴦依命便擲了兩個二一個五那一個骰子在盆裡只管轉鴛鴦叫道不要五那骰子單單轉出一個五來鴛鴦道了不得我輸了賈母道這是不算什麼的嗎鴛鴦道名兒倒有只是我說不上曲牌名來賈母道你說名兒我給你謅鴛鴦道這是浪掃浮萍賈母道這也不難我替你說個秋魚入菱窠鴛鴦下手的就是湘雲便道白萍吟盡楚江秋衆人都道這句狠確賈母道這令完了咱們喝兩盃吃飯罷回頭一看見寶玉還沒進來便問道寶玉那裡去了還不來鴛鴦道換衣裳去了賈母道誰跟了去的那鶯兒便上來回道我看見二爺出去我叫襲人姐姐跟了去了賈母王夫人纔放心等了一回王夫人叫人去找小丫頭到了新房子裡只見五兒在那裡揷蠟小丫頭便問寶二爺那裡去了五兒道在老太太那邊喝酒呢小丫頭道我打老太太那裡來太太叫我來找豈有在那裡倒叫我來找的呢五兒道這就不知道了你到別處找去罷小丫頭沒法只得回來遇見秋紋問道你見二爺那裡

去了秋紋道我也找他太太們等他吃飯這會子那裡去了呢你快去回老太太去不必說不在家只說喝了酒不大受用不吃飯了略躺一躺再來請老太太太太們吃飯罷小丫頭依言回去告訴珍珠珍珠回了賈母賈母道他本來吃不多不吃也罷了叫他歇歇罷告訴他今兒不必過來有他媳婦在這裡就是了珍珠便向小丫頭道你聽見了小丫頭答應着不便說明只得在別處轉了一轉說告訴了衆人也不理會吃畢飯大家散坐閒話不題且說寶玉一時傷心走出來正無主意只見襲人赶來問是怎麼了寶玉道不怎麼只是心裡煩的要不趁他們喝酒偺們兩個到珍大奶奶那裡逛逛去襲人道珍大奶奶在這裡去找誰寶玉道不找誰瞧瞧他既在這裡住的房屋怎麼樣襲人只得跟着一面走一面說走到尤氏那邊又一個小門兒半開半掩寶玉也不進去只見看園門的兩個婆子坐在門檻上說話兒寶玉問道這小門兒開着麽婆子道天天不開今兒有人出來說今日預備老太太要用園裡的菓子纔開着門等着呢寶玉便慢慢的走到那邊果見腰門半開寶玉纔要進去襲人忙拉住道不用去園裡不干淨常没有人去別再撞見什麼寶玉仗着酒氣說道我不怕那些襲人苦苦的拉住不容他去婆子們上來說道如今這園子安靜的了自從那日道士拿了妖去我們摘花兒打菓子一個人常走的二爺要去

偺們都跟着有這些人怕什麼寶玉喜歡襲人也不便相強只得跟着寶玉進得園來只見滿目淒凉那些花木枯萎更有幾處亭館彩色久經剝落遠遠望見一叢翠竹倒還茂盛寶玉一想說我自病時出園住在後邊一連幾個月不准我到這裡瞬息荒凉你看獨有那幾杆翠竹菁葱這不是瀟湘館麼襲人道你幾個月沒來連方向兒都忘了偺們只管說話兒不覺將怡紅院走過了回頭用手指着道這纔是瀟湘館呢寶玉順着襲人的手一瞧道可不是過了嗎偺們回去瞧瞧襲人道天晚了老太太必是等着吃飯該回去了寶玉不言找着舊路竟往前走你道寶玉雖離了大觀園將及一載豈遂忘了路徑只因襲

人怕他見了瀟湘館想起黛玉又要傷心所以要用言混過後來見寶玉只望裡走又怕他招了邪氣所以哄着他只說已經走過了那裡知道寶玉的心全在瀟湘館上此時寶玉往前急走襲人只得赶上見他站着似有所見如有所聞便道你聽什麼寶玉道瀟湘館倒有人住麼襲人道大約沒有人罷寶玉道我明明聽見有人在內啼哭怎麼沒有人襲人道是你疑心素常你到這裡常聽見林姑娘傷心所以如今還是那樣寶玉不信還要聽去婆子們赶上說道二爺快回去罷天已晚了別處我們還敢走走這裡的路兒隱僻又聽見人說這裡打林姑娘死後常聽見有哭聲所以人都不敢走的寶玉襲人聽說都吃

了一驚寶玉道可不是說著便滴下淚來說林妹妹林妹妹好好兒的是我害了你了你別怨我只是父母作主並不是我負心愈說愈痛便大哭起來襲人正在沒法只見秋紋帶着些人赶来對襲人道你好大胆子怎麼和二爺到這裡來老太太太太急的打發人各處都找到了剛纔腰門上有人說是你和二爺到這裡來了唬的老太太太太們了不得罵着我叫我帶人赶來還不快回去呢寶玉猶自痛哭襲人也不顧他哭兩個人拉著就走一面替他拭眼淚告訴他老太太着急寶玉沒法只得回來襲人知老太太不放心將寶玉仍送到賈母那邊衆人都等着未散賈母便說襲人我素常因你明白纔把寶玉交給

你怎麼今兒帶他園裡去他的病纔好倘或撞着什麼又鬧起來那可怎麼好襲人也不敢分辨只得低頭不語寶釵看寶玉顏色不好心裡着實的吃驚倒還是寶玉恐襲人受委屈說道青天白日怕什麼我因爲好些時沒到園裡逛逛今兒趁着酒興走走那裡就撞着什麼了呢鳳姐在園裡吃過大虧的聽到那裡寒毛直豎說寶兄弟膽子忒大了湘雲道不是胆大倒是心實不知是會芙蓉神去了還是尋什麼仙去了寶玉聽著也不答言獨有王夫人急的一言不發賈母問道你到園裡沒有唬著呀不用說了已後要逛到底多帶幾個人纔好不是你鬧的大家早散了去能好好的睡一夜明兒一早過來我要找補

叫你們再樂一天呢別爲他又鬧出什麽原故來衆人聽說遂辭了賈母出來薛姨媽便到王夫人那裡住下史湘雲仍在賈母房中迎春便往惜春那裡去了餘者各自回去不題獨有寶玉回到房中噯聲嘆氣寶釵明知其故也不理他只是怕他憂悶勾出舊病來便進裡間叫襲人來細問他寶玉到園怎麽樣的光景未知襲人怎生回說下回分解

紅樓夢第一百八回終

候芳魂五兒承錯愛　還孽債迎女返眞元

話說寶釵叫襲人問出原故恐寶玉悲傷成疾便將黛玉臨死的話與襲人假作閒談說是人在世上有意有情到了死後各自幹各自的去了並不是生前那樣的人死後還是那樣活人雖有痴心死的竟不知道況且林姑娘既說仙去他看凡人是個不堪的濁物那裡還肯混在世上只是人自己疑心所以招出些邪魔外祟來纏擾寶釵雖是與襲人說話原說給寶玉聽的襲人會意也說是沒有的事若說林姑娘的魂靈兒還在園裡我們也算相好怎麼沒有夢見過一次寶玉在外面聽着細細的想道果然也奇我知道林妹妹死了那一日不想幾遍怎麼從沒夢見想必他到天上去了瞧我這凡夫俗子不能交通神明所以夢都沒有一個兒我如今就在外間睡或者我從園裡回來他知道我的心肯與我夢裡一見我必要問他實在那裡去了我也時常祭奠若是果然不理我這濁物竟無一夢我便也不想他了主意已定便說我今夜就在外間睡你們也不用管我寶釵也不強他只說你不用胡思亂想你沒瞧見太太因你園裡去了急的話都說不出來你這會子還不保養身子倘或老太太知道了又說我們不用心寶玉道白這麼說罷咧我坐一會子就進來你也乏了先睡罷寶釵料他必進來的假

意說道我睡了叫襲姑娘伺候你罷寶玉聽了正合機宜等寶釵睡下他便叫襲人麝月另鋪設下一付被褥常叫人進來瞧二奶奶睡着了沒有寶釵故意裝睡也是一夜不寧那寶玉只當寶釵睡着便與襲人道你們各自睡罷我又不傷感你若不信你就伏侍我睡了再進去只要不驚動我就是了襲人果然伏侍他睡下預備下了茶水關好了門進裡間去照應了一回各自假寐等着寶玉若有動靜再出來寶玉見襲人進去了便將坐更的兩個婆子支到外頭他輕輕的坐起來暗暗的祝贊了幾何方纔睡下起初再睡不着已後把心一靜誰知竟睡着了却倒一夜安眠直到天亮方纔醒來拭了拭眼坐着想了一

回並無有夢便嘆口氣道正是悠悠生死別經年魂魄不曾來入夢寶釵反是一夜沒有睡着聽見寶玉在外邊念這兩句便接口道這話你說莽撞了若林妹妹在時又該生氣了寶玉聽了自覺不好意思只得起來搭訕着進裡間來說我原要進來不知怎麼一個盹兒就打着了寶釵道你進來不進來與我什麼相干襲人也本沒有睡聽見他們兩個說話卽忙上來倒茶只見老太太那邊打發小丫頭來問寶二爺昨夜睡的安頓麼若安頓早早的同二奶奶梳洗了就過去襲人道你去回老太太說寶玉昨夜很安頓回來就過來小丫頭去了寶釵連忙梳洗了鶯兒襲人等跟著先到賈母那裡行了禮便到王夫人那

邊起至鳳姐都讓過了仍到賈母處見他母親也過來了大家問起寶玉晚上好麼寶釵便說回去就睡了沒有什麼衆人放心又說些閒話只見小丫頭進來說二姑奶奶要回去了聽見說孫姑爺那邊人來到大太太那裡說了些話大太太叫人到四姑娘那邊說不必留了讓他去罷如今二姑奶奶在大太太那邊哭呢大約就過來辭老太太賈母衆人聽了心中好不自在都說二姑娘這麼一個人爲什麼命裡遭着這樣的人一輩子不能出頭這可怎麼好呢說著迎春進來淚痕滿面因是寶釵的好日子只得含着淚辭了衆人要回去賈母知道他的苦處也不便强留只說道你回去也罷了但只不用傷心碰着這

樣人也是沒法兒的過幾天我再打發人接你去罷迎春道老太太始終疼我如今也疼不來了可憐我沒有再來的時候兒了說着眼淚直流衆人都勸道這有什麼不能回來的呢比不得你三妹妹隔得遠要見面就難了賈母等想起探春不覺也大家落淚爲是寶釵的生日只得轉悲作喜說這也不難只要海疆平靜那邊親家調進京來就見的着了大家說可不是這麼着麼說着迎春只得含悲而別大家送了出來仍回賈母那裡從早至暮又鬧了一天衆人見賈母勞乏各自散了獨有薛姨媽辭了賈母到寶釵那裡說道你哥哥是今年過了直要等到皇恩大赦的時候減了等纔好贖罪這幾年叫我孤苦伶仃

怎麼處我想要給你二哥哥完婚你想想好不好寶釵道媽媽是因爲大哥哥娶了親嚇怕了的所以把二哥哥的事也疑惑起來據我說狠該辦那姑娘是媽媽知道的如今在這裡也狠苦娶了去雖說偺們窮究竟比他傍人門戶好多著呢薛姨媽道你得便的時候就去回明老太太說我家沒人就要擇日子了寶釵道媽媽只管和二哥哥商量挑個好日子過來和老太太大太太說了娶過去就完了一宗事這裡大太太也巴不得娶了去纔好薛姨媽道今日聽見史姑娘也就回去了老太太心裡要留你妹妹在這裡住幾天所以他住下了我想他也是不定多早晚就走的人了你們姐妹們也多叙幾天話兒寶釵

道正是呢于是薛姨媽又坐了一坐出來辭了衆人回去了那說寶玉晚間歸房因想昨夜黛玉竟不入夢或者他已經成仙所以不肯來見我這種濁人也是有的不然就是我的性兒太急了也未可知便想了個主意向寶釵說道我昨夜偶然在外頭睡著似乎比在屋裡睡的安穩些今日起來心裡也覺清淨我的意思還要在外頭睡兩夜只怕你們又來攔我寶釵聽了明知早晨他嘴裡念詩自然是爲黛玉的事了想來他那個獃性是不能勸的倒好叫他睡兩夜索性自己死了心也罷了況兼昨夜聽他睡的倒也安靜便道好沒來由你只管睡去我們攔你作什麼但只別胡思亂想的招出些邪魔外祟來寶玉笑

心移在晴雯身上去了忽又想起鳳姐說五兒給晴雯脫了個影兒因將想晴雯的心又移在五兒身上自己假粧睡着偷偷兒的看那五兒越瞧越像晴雯不覺獃性復發聽了聽裡間已無聲息知是睡了但不知麝月睡了沒有便故意叫了兩聲却不答應五兒聽見了寶玉叫人便問道二爺要什麼寶玉道我要漱漱口五兒見麝月已睡只得起來重新剪了燭花倒了一鍾茶來一手托着漱盂却因赶忙起來的身上只穿着一件桃紅綾子小袄兒鬆鬆的挽著一個鬢兒寶玉看時居然晴雯復生忽又想起晴雯說的早知擔了虛名也就打個正經主意了不覺獃獃的呆看也不接茶那五兒自從芳官去後也無心進

來了後來聽說鳳姐叫他進來伏侍寶玉竟比寶玉盼他進來的心還急不想進來以後見寶釵襲人一般尊貴穩重看著心裡實在敬慕又見寶玉瘋瘋傻傻不似先前的丰致又聽見王夫人爲女孩子們和寶玉頑笑都攆了所以把那女兒的柔情和素日的痴心一槩擱起怎奈這位獃爺今晚把他當作晴雯只管愛惜起來那五兒早已羞得兩頰紅潮又不敢大聲說話只得輕輕的說道二爺漱口啊寶玉笑着接了茶在手中也不知道漱了沒有便笑嘻嘻的問道你和晴雯姐姐好不是啊五兒聽了摸不着頭腦便道都是姐妹也沒有什麼不好的寶玉又悄悄的問道晴雯病重了我看他去不是你也去了麼五兒

微微笑着點頭兒寶玉道你聽見他說什麼了沒有五兒搖著頭兒道沒有寶玉已經忘神把便五兒的手一拉五兒急的紅了臉心裡亂跳便悄悄說道二爺有什麼話只管說別拉拉扯扯的寶玉纔撒了手說道他和我說來着早知擔了個虛名也就打正經主意了你怎麼沒聽見麼五兒聽了這話明明是撩撥自已的意思又不敢怎麼樣便說道那是他自已沒臉這也是我們女孩兒家說得的嗎寶玉着急道你怎麼也是這麼個道學先生我看你長的和他一模一樣我纔肯和你說這個話你怎麼倒拿這些話遭塌他此時五兒心中也不知寶玉是怎麼個意思便說道夜深了二爺睡罷別緊着坐着看凉着了剛

纔奶奶和襲人姐姐怎麼囑咐來寶玉道我不凉說到這裡忽然想起五兒沒穿着大衣裳就怕他也像晴雯着了凉便問道你為什麼不穿上衣裳就過來五兒道爺叫的緊那裡有儘著穿衣裳的空兒要知道說這半天話兒時我也穿上了寶玉聽了連忙把自已蓋的一件月白綾子綿袄兒揭起來遞給五兒叫他披上五兒只不肯接說二爺蓋着罷我不凉我凉我有我的衣裳說著回到自已鋪邊拉了一件長袄披上又聽了聽麝月睡的正濃纔慢慢過來說二爺今晚不是要養神呢嗎寶玉笑道寔告訴你罷什麼是養神我倒是要遇仙的意思五兒聽了越發動了疑心便問道遇什麼仙寶玉道你要知道這話長

似麝月知道了的光景便只是赸笑也不答言一時寶釵襲人也都起來開了門見寶玉尚睡却也納悶怎麼在外頭兩夜睡的倒這麼安穩呢及寶玉醒來見衆人都起來了自巳連忙爬起揉着眼睛細想昨夜又不曾夢見可是仙凡路隔了慢慢的下了床又想昨夜五兒說的寶釵襲人都是天仙一般這話却也不錯便怔怔的瞅着寶釵寶釵見他發怔雖知他爲黛玉之事却也定不得夢不夢只是瞅的自巳倒不好意思的便道你昨夜可遇見仙了麼寶玉聽了只道昨晚的話寶釵聽見了笑着勉强說道這是那裡的話那五兒聽了這一句越發心虛起來又不好說的只得且看寶釵的光景只見寶釵又笑着問五

兒道你聽見二爺睡夢裡和人說話來着麼寶玉聽了自巳坐不住搭赸着走開了五兒把臉飛紅只得含糊道前半夜倒說了幾句我也沒聽眞什麼擔了虛名又什麼沒打正經主意我也不懂勸着二爺睡了後來我也睡了不知二爺還說來着沒有寶釵低頭一想這話明是爲黛玉了但儘着叫他在外頭恐怕心邪了招出些花妖柳怪來况兼他的舊病原在姐妹上情重祇好設法將他的心意挪移過來然後能免無事想到這裡不免面紅耳熱起來也就赸赸的進房梳洗去了且說賈母兩日高興畧吃多了些這晚有些不受用第二天便覺着胸口飽悶鴛鴦等要回賈政賈母不叫言語說我這兩日嘴饞些吃多

了點子我餓一頓就好了你們快別吵嚷於是鴛鴦等並沒有告訴人這日晚間寶玉回到自己屋裡見寶釵自賈母王夫人處纔請了晚安回來寶玉想著早起之事未免赧顏抱慚寶釵看他這樣的也曉得是沒意思的光景因想着他是個癡情人要治他的這個病少不得仍以癡情治之想了想便問寶玉道你今夜還在外頭睡去罷咧寶玉自覺沒趣便道裡頭外頭都是一樣的寶釵意欲再說反覺礙難出口襲人道罷呀這倒是什麼道理呢我不信睡的那麼安頓五兒聽見這話連忙接口道二爺在外頭睡別的倒沒有什麼只愛說夢話叫人摸不着頭腦兒又不敢駁他的回襲人便道我今日挪出床上睡睡看

說夢話不說你們只管把二爺的鋪蓋鋪在裡間就完了寶釵聽了也不作聲寶玉自己慚愧那裡還有强嘴的分兒便依着搬進來一則寶玉抱歉欲安寶釵之心二則寶釵恐寶玉思鬱成疾不如稍示柔情使得親近以為移花接木之計於是當晚襲人果然挪出去這寶玉固然是有意負荊那寶釵自然也無心拒客從過門至今日方纔是雨膩雲香氤氳調暢從此二五之精妙合而凝此是後話不提且說次日寶玉寶釵同起寶玉梳洗了先過賈母這邊來這裡賈母因疼寶玉又想寶釵孝順忽然想起一件東西來便叫鴛鴦開了箱子取出祖上所遺的一個漢玉玦雖不及寶玉他那塊玉石掛在身上却也希罕鴛

園裡住我也不便常來親近如今知道這裡的事情也不大好又聽說是老太太病着又惦記着你還要瞧瞧寶姑娘我那管你們關不關我要來就來我不來你們要我來也不能啊岫烟笑道你還是這種脾氣一面說着已到賈母房中衆人見了都問了好妙玉走到賈母床前問候說了幾句套話賈母便道你是個女菩薩你瞧瞧我的病可好的了好不了妙玉道老太太這樣慈善的人壽數正有呢一時感冒吃幾貼藥想來也就好了有年紀的人只要寬心些賈母道我倒不爲這些我是極愛尋快樂的如今這病也不覺怎麼着只是胸膈飽悶剛纔大夫說是氣惱所致你是知道的誰敢給我氣受這不是那大夫脉

理平常麼我和璉兒說了還是頭一個大夫說感冒傷食的是明兒還請他來說着叫鴛鴦吩咐厨房裡辦一桌淨素菜來請妙師父這裡便飯妙玉道我吃過午飯了我是不吃東西的王夫人道不吃也罷咱們多坐一會說些閒話兒罷妙玉道我久已不見你們今日來瞧瞧又說了一回話便要走回頭見惜春站着便問道四姑娘爲什麼這樣瘦不要只管愛畫勞了心惜春道我久不畫了如今住的房屋不比園裡的顯亮所以沒興頭畫妙玉道你如今住在那一所惜春道就是你纔來的那個門東邊的屋子你要來很近妙玉道我高興的時候來瞧你惜春等說着送了出去回身過來聽見丫頭們回說大夫在賈母

那邊呢衆人暫且散去那知賈母這病日重一日延醫調治不效已後又添腹瀉賈政著急知病難醫即命人到衙門告訴日夜同王夫人親侍湯藥一日見賈母略進些飲食心裡稍寬只見老婆子在門外探頭王夫人叫彩雲看去問問是誰彩雲看了是陪迎春到孫家去的人便道你來做什麼婆子道我來了半日這裡找不著一個姐姐們我又不敢冒撞我心裡又急彩雲道你急什麼又是姑爺作踐姑娘不成麽婆子道姑娘不好了前兒鬧了一場姑娘哭了一夜昨日痰堵住了他們又不請大夫今日更利害了彩雲道老太太病着呢別大驚小怪的王夫人在內已聽見了恐老太太聽見不受用忙叫彩雲帶他外

頭說去豈知賈母病中心靜偏偏聽見便道迎丫頭要死了麽王夫人便道沒有婆子們不知輕重說是這兩日有些病恐不能就好到這裡問大夫賈母道瞧我的大夫就好快請了去王夫人便叫彩雲叫這婆子去囬大太太去那婆子去了這裡賈母便悲傷起來說是我三個孫女兒一個享盡了福死了三丫頭遠嫁不得見面迎丫頭雖苦或者熬出來不打諒他年輕輕兒的就要死了留着我這麽大年紀的人活着做什麽王夫人鴛鴦等解勸了好半天那時寶釵李氏等不在房中鳳姐近來有病王夫人恐賈母生悲添病便叫人叫了他們來陪着自已囬到房中叫彩雲來埋怨這婆子不懂事已後我在老太太那

裡你們有事不用來回了頭們依命不言豈知邢婆子剛到邢夫人那裡外頭的人已傳進來說二姑奶奶死了邢夫人聽了也便哭了一場現今他父親不在家中只得叫賈璉快去瞧看知賈母病重衆人都不敢回可憐一位如花似月之女結褵年餘不料被孫家揉搓以致身亡又值賈母病篤衆人不便離開竟容孫家草草完結賈母病勢日增只想這些孫女兒一時想起湘雲便打發人去瞧他回來的人悄悄的找鴛鴦因鴛鴦在老太太身旁王夫人等都在那裡不便上去到了後頭找了琥珀告訴他道老太太想史姑娘叫我們去打聽那裡知道史姑娘哭的了不得說是姑爺得了暴病大夫都瞧了說這病只怕不能好若是變了癆病還可捱個四五年所以史姑娘心裡著急又知道老太太病只是不能過來請安還叫我別在老太太跟前提起來倘或老太太問起來務必托你們變個法兒回老太太纔好琥珀聽了咳了一聲也就不言語了半日說道你去罷琥珀也不便回心裡打算告訴鴛鴦叫他撒謊去所以來到賈母床前見賈母神色大變地下站著一屋子的人嘁嘁喳喳的說瞧著是不好也不敢言語了這裡賈政悄悄的叫賈璉到身旁向耳邊說了幾句話賈璉輕輕的答應出去了便傳齊了現在家裡的一干人說老太太的事待好出來了你們快快分頭派人辦去頭一件先請出板來瞧瞧好掛裡子快到各處將

來纔好賈母道我喝了口水心裡好些兒略靠着和你們說說
話見珍珠等用手輕輕的扶起看見賈母這會子精神好了些
未知生死下回分解

紅樓夢第一百九回終

紅樓夢第一百十回

史太君壽終歸地府　王鳳姐力詘失人心

說却賈母坐起說道我到你們家已經六十多年了從年輕的時候到老来福也享盡了自你們老爺起兒子孫子也都算是好的了就是寶玉呢我疼了他一場說到那裡拿眼滿地下瞅着王夫人便推寶玉走到床前賈母從被窩裡伸出手来拉着寶玉道我的兒你要爭氣纔好寶玉嘴裡答應心裡一酸那眼淚便要流下来又不敢哭只得站着聽賈母說道我想再見一個重孫子我就安心了我的蘭兒在那裡呢李紈也推賈蘭上去賈母放了寶玉拉着賈蘭道你母親是要孝順的將來你成

了人也叫你母親風光風光鳳丫頭呢鳳姐本来站在賈母旁邊赶忙走到跟前說在這裡呢賈母道我的兒你是太聰明了將來修修福罷我也沒有修什麼不過心實吃虧那些吃齋念佛的事我也不大幹就是舊年叫人寫了些金剛經送送人不知送完了沒有鳳姐道沒有呢賈母道早該施捨完了纔好我們大老爺和珍兒是在外頭樂了最可惡的是史丫頭沒良心怎麽總不來瞧我鴛鴦等明知其故都不言語賈母又瞧了一瞧寶釵嘆了口氣只見臉上發紅賈政知是廻光返照即忙進上參湯賈母的牙關已經緊了合了一回眼又睜着滿屋裡瞧了一瞧王夫人寶釵上去輕輕扶着邢夫人鳳姐等便忙穿衣

地下婆子們已將床安設停當鋪了被褥聽見賈母喉間略一响動臉變笑容竟是去了享年八十三歲衆婆子疾忙停床於是賈政等在外一邊跪着邢夫人等在內一邊跪着一齊舉起哀來外面家人各樣預備齊全只聽裡頭信兒一傳出來從榮府大門起至內宅門扇扇大開一色淨白紙糊了孝棚高起大門前的牌樓立時豎起上下人等登時成服賈政報了丁憂禮部奏聞主上深仁厚澤念及世代功勳又係元妃祖母賞銀一千兩諭禮部主祭家人們各處報喪衆親友雖知賈家勢敗今見聖恩隆重都來探喪擇了吉時成殮停靈正寢賈赦不在家賈政爲長寶玉賈環賈蘭是親孫年紀又小都應守靈賈璉雖

也是親孫帶着賈蓉尚可分派家人辦事雖請了些男女外親來照應內裡邢王二夫人李紈鳳姐寶釵等是應靈旁哭泣的尤氏雖可照應他自賈珍外出依住榮府一向總不上前且又榮府的事不甚諳練賈蓉的媳婦更不必說惜春年小雖在這裡長的他于家事全不知道所以內裡竟無一人支持只有鳳姐可以照管裡頭的事況又賈璉在外作主裡外他二人倒也相宜鳳姐先前仗着自己的才幹原打諒老太太死了他大有一番作用邢王二夫人等本知他曾辦過秦氏的事必是妥當於是仍叫鳳姐總理裡頭的事鳳姐本不應辭自然應了心想這裡的事本是我管的那些家人更是我手下的人太太和珍

大嫂子的人本來難使喚如今他們都去了銀項雖沒有對牌這種銀子却是現成的外頭的事又是我們那個辦雖說我現今身子不好想來也不致落褒貶必比寧府裡還得辦些心下已定且待明日接了三後日一早分派使叫周瑞家的傳出話去將花名冊取上來鳳姐一一的瞧了統共男僕只有二十一人女僕只有十九人餘者俱是些丫頭連各房算上也不過三十多人難以派差心裡想道這回老太太的事倒沒有東府裡的人多又將莊上的弄出幾個也不敷差遣正在思算只見一個小丫頭過來說鴛鴦姐姐請奶奶鳳姐只得過去只見鴛鴦哭得淚人一般一把拉著鳳姐兒說道二奶奶請坐我給二奶

奶磕個頭雖說服中不行禮這個頭是要磕的鴛鴦說着跪下慌的鳳姐趕忙拉住說道這是什麼禮有話好好的說鴛鴦跪着鳳姐便拉起來鴛鴦說道老太太的事一應內外都是二爺和二奶奶辦這種銀子是老太太留下的老太太這一輩子也沒有糟塌過什麼銀錢如今臨了這件大事必得求二奶奶體體面面的辦一辦纔好我方纔聽見老爺說什麼詩云子曰我也不懂又說什麼喪與其易寧戚我更不明白我問寶二奶奶說是老爺的思意老太太的喪事只要悲切纔是真孝不必糜費圖好看的念頭我想老太太這樣一個人怎麼不該體面些我雖是奴才丫頭敢說什麼只是老太太疼二奶奶和我這一

塲臨死了還不叫他風光風光我想二奶奶是能辦大事的故此我請二奶奶來作個主意我生是跟老太太的人老太太死了我也是跟老太太的若是瞧不見老太太的事怎麼辦將來怎麼見老太太呢鳳姐聽了這話來的古怪便說你放心要體面是不難的雖是老爺口說要省那勢派也錯不得便拿這項銀子都花在老太太身上也是該當的鴛鴦道老太太的遺言說所有剩下的東西是給我們的二奶奶倘或用着不敷只管拿這個去折變補上就是老爺說什麼也不好違了老太太的遺言況且老太太分派的時候不是老爺在這裡聽見的麼鳳姐道你素來最明白的怎麼這會子這樣的着急起來了鴛鴦道不是我著急為的是大太太是不管事的老爺是怕招搖的

若是二奶奶心裡也是老爺的想頭說抄過家的人家喪事還是這麼好將來又要抄起來也就不顧起老太太來怎麼樣呢我呢是個丫頭好歹礙不著到底是這裡的聲名鳳姐道我知道了你只管放心有我呢鴛鴦千恩萬謝的托了鳳姐那鳳姐出來想道鴛鴦這東西好古怪不知打了什麼主意論理老太太身上本該體面些噯且別管他只按着偺們家先前的樣子辦去於是叫旺兒家的來把話傳出去請二爺進來不多時賈璉進來說道怎麼找我你在裡頭照應著些就是了橫豎作主是老爺太太們他說怎麼著我們就怎麼著鳳姐道你也說起

這個話來了可不是鴛鴦說的話應驗了麽賈璉道什麽鴛鴦的話鳳姐便將鴛鴦請進去的話述了一遍賈璉道他們的話算什麽剛纔二老爺叫我去說老太太的事固要認真辦理但是知道的呢說是老太太自已結果自巳不知道的只說偺們都隱匿起來了如今狠寬裕老太太的這種銀子用不了誰還要麽仍舊該用在老太太身上老太太是在南邊的雖有坟地那沒有陰宅老太太的靈是要歸到南邊去的留這銀子在祖坟上蓋起些房屋來再餘下的置賣几頃祭田偺們回去也好就是不回去便叫那些貧窮族中住着也好按時按節早晚上香時常祭掃祭掃你想這些話可不是正經主意麽據你的話

難道都花了罷鳳姐道銀子發出來了沒有賈璉道誰見過銀子我聽見咱們太太聽見了二老爺的話極力的竄掇二太太和二老爺說這是好主意叫我怎麽着現在外頭棚扛上要支幾百銀子這會子還沒有發出來我要去他們都說有先叫外頭辦了回來再算你想這些奴才有錢的早溜了按著冊子叫去有說告病的有說下莊子去了的剩下幾個走不動的只有賺錢的能耐還有賠錢的本事麽鳳姐聽了呆了半天說道這還辦什麽正說著見來了一個丫頭說大太太的話問二奶奶今兒第三天了裡頭還很亂供了飯還叫親戚們等着嗎叫了半天上了菜短了飯這是什麽辦事的道理鳳姐急忙進去吆

喝人來伺候將就着把早飯打發了偏偏那日人來的多裡頭的人都死眉瞪眼的鳳姐只得在那裡照料了一會子又惦記着派人趕着出來叫了旺兒家的傳齊了家下女人們一一分派了衆人都答應着不動鳳姐道什麼時候還不供飯衆人道傳飯是容易的只要將裡頭的東西發出來我們纔好照管去鳳姐道糊塗東西派定了你們少不得有的衆人只得勉强應着鳳姐卽往上房取發應用之物要去請示邢王二夫人見人多難說看那時候已經日漸平西了只得找了鴛鴦說要老太太存的那一分傢伙鴛鴦道你還問我呢那一年二爺當了贖了來了麼鳳姐道不用銀的金的只要那一分平常使的鴛鴦

道大太太珍大奶奶屋裡使的是那裡來的鳳姐一想不差轉身就走只得到王夫人那邊找了玉釧彩雲纔拿了一分出來急忙叫彩明登賬發與衆人收管鴛鴦見鳳姐這樣慌張又不好叫他回來心想他頭裡作事何等爽利週到如今怎麼掣肘的這個樣兒我看這兩三天連一點頭腦都沒有不是老太太白疼了他了嗎那裡知邢夫人一聽賈政的話正合着將來家計艱難的心巴不得留一點子作個收局况且老太太的事原是長房作主賈赦雖不在家賈政又是拘泥的人有件事便說請大太太的主意邢夫人素知鳳姐手脚大賈璉的鬧鬼所以死拿住不放鬆鴛鴦只道已將這項銀兩交了出去了故見鳳

姐掣肘如此却疑爲不肯用心便在賈母靈前嘮嘮叨叨哭個不了邢夫人等聽了話中有話不想到自已不令鳳姐便宜行事反說鳳丫頭果然有些不用心王夫人到了晚上叫了鳳姐過來說偺們家雖說不濟外頭的體面是要的這兩三天人來人往我瞧着那些人都照應不到想必你沒有吩咐還得你替我們操點心兒纔好鳳姐聽了呆了一會要將銀兩不湊手的話說出來但只銀錢是外頭管的王夫人說的是照應不到鳳姐也不敢辨只好不言語邢夫人在旁說道論理該是我們做媳婦的操心本不是孫子媳婦的事但是我們動不得身所以托你你是打不得撒手的鳳姐紫漲了臉正要回說只聽外頭

鼓樂一奏是燒黃昏紙的時候了大家舉起哀來又不得說鳳姐原想回來再說王夫人催他出去料理說道這裡有我們呢你快快兒的去料理明兒的事罷鳳姐不敢再言只得含悲忍泣的出來又叫人傳齊了衆人又吩咐了一會說大娘嬸子們可憐我罷我上頭捱了好些說爲的是你們不齊截叫人笑話明兒你們豁出些辛苦來罷那些人回道奶奶辦事不是今兒個一遭兒了我們敢違拗嗎只是這回的事上頭過於累贅只說打發這頓飯罷有在這裡吃的有要在家裡吃的請了這位太太又是那位奶奶不來諸如此類那裡能齊全還求奶奶勸勸那些姑娘們少挑飭就好了鳳姐道頭一層是老太太的丫

們吩咐了外頭不許靡費所以我們二奶奶不能應付到了說過幾次纔得安靜些雖說僧經道懺弔祭供飯絡繹不絕終是銀錢吝嗇誰肯踴躍不過草草了事連日王妃誥命也來的不少鳳姐也不能上去照應只好在底下張羅叫了那個走了這個發一回急央及一回支吾過了一起又打發一起別說鴛鴦等看去不像樣連鳳姐自己心裡也過不去了邢夫人雖說是冢婦仗着悲戚爲孝四個字倒也都不理會王夫人只得跟着邢夫人行事餘者更不必說了獨有李紈瞧出鳳姐的苦處却不敢替他說話只自嘆道俗語說的牡丹雖好全仗綠葉扶持太太們不虧了鳳丫頭那些人還幫着嗎若是三姑娘在家還

好如今只有他几個自己的人瞎張羅背前面後的也抱怨說是一個錢摸不着臉面也不能剩一點兒老爺是一味的盡孝庶務上頭不大明白這樣的一件大事不撒散几個錢就辦的開了嗎可憐鳳丫頭鬧了几年不想在老太太的事上只怕保不住臉了於是抽空兒叫了他的人來吩咐道你們別看着人家的樣兒也遭塌起璉二奶奶來別打諒什麽穿孝守靈就算了大事了不過混過几天就是了看見那些人張羅不開就插個手兒也未爲不可這也是公事大家都該出力的那些素服李紈的人都答應着說大奶奶說的狠是我們也不敢那麽着只聽見鴛鴦姐姐們的口話兒好像怪璉二奶奶的是的李紈

及蘭哥兒一零兒呢大奶奶將來是不愁的了李紈道就好也還小呢只怕到他大了咱們家還不知怎麽樣了呢環哥兒你們瞧着怎麽樣衆人道那一個更不像樣兒了兩隻眼睛倒像個活猴兒是的東溜溜西看看雖在那裡嚎喪見了奶奶姑娘們來了他在孝幔子裡頭淨偷着眼兒瞧人呢李紈道他的年紀其實也不小了前日聽見說還要給他說親呢如今又得等着了噯還有一件事咱們家這些人我看來也是說不清的且不必說閒話兒後日送殯各房的車是怎麽樣了衆人道璉二奶奶這几天鬧的像失魂落魄的樣兒了也沒見傳出去昨兒聽見外頭男人們說二爺派了薔二爺料理說是偺們家的車

也不彀趕車的也少要到親戚家去借去呢李紈笑道車也都是借得的麽衆人道奶奶說笑話兒了車怎麽借不得只是那一日所有的親戚都用車只怕難借想來還得僱呢李紈道底下人的只得僱上頭白車也有僱的麽衆人道現在大太太東府裡的大奶奶小蓉奶奶都沒有車了不僱那裡來的呢李紈聽了嘆息道先前見有偺們家裡的太太奶奶們坐了僱的車來偺們都笑話如今輪到自巳頭上了你明兒去告訴你們的男人我們的車馬早早的預備好了省了擠衆人答應了出去不題且說史湘雲因他女婿病着賈母死後只來了一次屈指算是後日送殯不能不去又見他女婿的病已成癆症暫且不

妨只得坐夜前一日過來想起賈母素日疼他又想到自巳命苦剛配了一個才貌雙全的女壻性情又好偏偏的得了寃孽症候不過捱日子罷了於是更加悲痛直哭了半夜鴛鴦等再三勸慰不止寶玉瞅着也不勝悲傷又不好上前去勸見他淡粧素服不敷脂粉更比未出嫁的時候猶勝几分回頭又看寶琴等也都是淡素裝飾丰韻嫣然獨看到寶釵渾身掛孝那一種雅致比尋常穿顏色時更自不同心裡想道古人說千紅萬紫終讓梅花為魁看來不止為梅花開的早竟是那潔白清香四字真不可及了但只這時候若有林妹妹也是這樣打扮更不知怎樣的丰韻呢想到這裡不覺的心酸起來那淚珠兒便

一直的滚下來了趁着賈母的事不妨放聲大哭衆人正勸湘雲外間忽又添出一個哭的人來大家只道是想着賈母疼他的好處所以悲傷豈知他們兩個人各自有各自的眼淚這場大哭招得滿屋的人無不下淚還是薛姨媽李嬸娘等勸住次日乃坐夜之期更加熱鬧鳳姐這日竟支撑不住也無方法只得用盡心力甚至咽喉嚷啞敷衍過了半日到了下半天親友更多了事情也更繁了瞻前不能顧後正在着急只見一個小了頭跑來說二奶奶在這裡呢怪不得大太太說裡頭人多照應不過來二奶奶是躲着受用去了鳳姐聽了這話一口氣撞上來往下一咽眼淚直流只覺得眼前一黑嗓子裡一甜便噴

出鮮紅的血來身子站不住就蹲倒在地幸虧平兒急忙過来扶住只見鳳姐的血一口一口的吐個不住未知性命如何下回分解

紅樓夢第一百十回終